W9-BHZ-878

# Grand-mère Terre et ses enfants

Texte de Pierre Lienhard
d'après la version originale de
Sibylle von Olfers

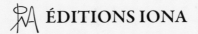
ÉDITIONS IONA

Tout au long de l'hiver
les petits-enfants de la Terre
dorment dans les profondeurs
entre les racines des arbres.
Là ils sont à l'abri
du vent glacial et du gel.
Ils rêvent du soleil et des joies de l'été.

Mais voici : déjà le printemps approche.


Grand-mère Terre dit : « Debout ! Assez dormi !
Debout ! Réveillez-vous ! Allons, mes chers petits !
Cousez-moi, maintenant, vos robes printanières.
Je vous porte tissu, fil, aiguille et ciseaux.
Je tiens absolument à ce que vous soyez beaux
Quand vous sortirez pour saluer la lumière. »

Les petits-enfants de la Terre
ont bâillé, se sont étirés.
Et puis, soudain, ils ont crié :
« Hourra ! Hourra ! C'est le printemps ! »
Et vite ils se mettent au travail.


Assis en rond, ils coupent et ils cousent
Chacun le tissu qu'on lui a donné :
Perce-neige blanc et Myosotis bleu,
Bouton-d'or jaune et l'Églantine rose,
Et rouge très vif le Coquelicot.
Ils cousent, chantant la chanson ancienne
Que tous les ans ensemble ils reprennent :
« Soleil et Ciel aimés ! À bientôt, à bientôt ! »

À présent
Il faut montrer le travail à Grand-mère,
Qui est assise et qui tricote un peu.
Myosotis montre son tablier bleu.
Grand-mère sourit : il semble lui plaire.
La fourmi, près d'elle, est curieuse aussi.
Trois autres fourmis sont venues ici
Pour mettre en pelotes toute la laine.
Grand-mère Terre ne craint pas la peine.
Elle travaille, le jour et la nuit,
Pour instruire et aider tous ces petits.

Mais il reste encore beaucoup à faire,
Car les amis des enfants de la Terre,
Les scarabées, larves et coccinelles,
Veulent aussi que leurs robes soient belles.
Ils ont aussi dormi, pendant l'hiver :
Leurs vêtements sont couverts de poussière.
Il faut laver, frotter et astiquer,
Et prendre le pinceau pour colorer.
Le printemps vient et ces petites bêtes
Se réjouissent d'être de la fête.

Tout est prêt !
Ouvrez la porte !

Et que tout
le monde sorte !

C'est la fête
du printemps.
Les Herbes marchent devant.

Puis les Fleurs.
« Qu'elles sont belles ! »
Dit le Ciel
aux Hirondelles.

Dans le secret
De la forêt,
La Violette
Et le Muguet
Ont rencontré,
Cornes en tête,
Un Escargot
Tout neuf, tout beau.


« Que tu es brave ! »
Dit le Muguet.
L'Escargot bave,
Reste muet.
« Mais, sonne-lui
Les cloches, allez ! »
Muguet l'a dit,
Muguet le fait.


Et les grelots
Résonnent tant,
Que l'Escargot
Fait un sourire.
Tous les Muguets
Viennent nous dire :
Dans la forêt,
C'est le printemps !

Le Lys jaune et la Libellule
S'amusent bien, au bord de l'eau.
Mais le Myosotis recule :
Son pied a froid dans le ruisseau.
Une Herbe amie dit : « N'aie pas peur !
L'eau du ruisseau est délectable ! »
Mais l'autre dit : « Allons ailleurs ! »
En robe blanche, le Nénuphar
Goûte un plaisir bien agréable.
Son ami Troll est près de lui
Et se promène en barque aussi.

Dans le pré, sous le ciel bleu,
On y danse, on y danse.
Mes enfants, soyez heureux !
On y pense, on y pense.
Plantain, Blé et Millefeuille,
Campanule, Coquelicot,
Le Bleuet, la Camomille
Et les Papillons-oiseaux,
Le Bourdon, la Coccinelle,
Tous sont heureux de danser.
Les Grillons font la crécelle.
C'est la fête de l'été !

Mais voici que s'en va la douceur de l'été,
Et c'est le vent d'automne qui vient à souffler.
Il emporte les feuilles et les graines au loin,
Et enlève leur robe aux enfants de la Terre.
« Il est temps, leur dit-il, de rentrer chez Grand-mère ! »
Oui, chez elle il fait bon, oh ! chez elle on est bien !
Ils se mettent en route et le vent les escorte.
Grand-mère les attend ; elle a ouvert la porte.
« Venez, tous les enfants, fleurettes et bourdons,
Venez passer au chaud la mauvaise saison.
J'ai tout ce qu'il vous faut, à manger et à boire ;
Je vous raconterai une de mes histoires.
Et puis vous dormirez, vous dormirez longtemps.
Je vous réveillerai, quand viendra le printemps. »